遺失的哈達

文學留聲3 手跡・詩稿・朗誦・談詩

許悔之

許悔之

本名許有吉，1966年生，台灣桃園人，國立台北工專（現改制為國立台北科技大學）化工科畢業。曾獲多種文學獎項及雜誌編輯金鼎獎，曾任《自由時報》副刊主編，現為《聯合文學》雜誌及出版社總編輯。著有童書《星星的作業簿》，散文《眼耳鼻舌》、《我一個人記住就好》，以及詩集包括《亮的天》、《當一隻鯨魚渴望海洋》、《有鹿哀愁》、《肉身》、《我佛莫要，為我流淚》、《陽光蜂房》、《家族》等，此外另有英譯詩集*Book of Reincarnation*及三人合集《台灣現代詩Ⅱ》日譯詩集等詩作外譯，並與奚密、馬悅然共同主編《航向福爾摩莎：詩想臺灣》漢英對照詩集。

◎2003年冬天在中國蘇州北半園。
（攝影／張耀）

哈達與西藏文化關係密切，
以白色的絲巾或仿絲布帶為常見，
表達祝福之意。

——編按

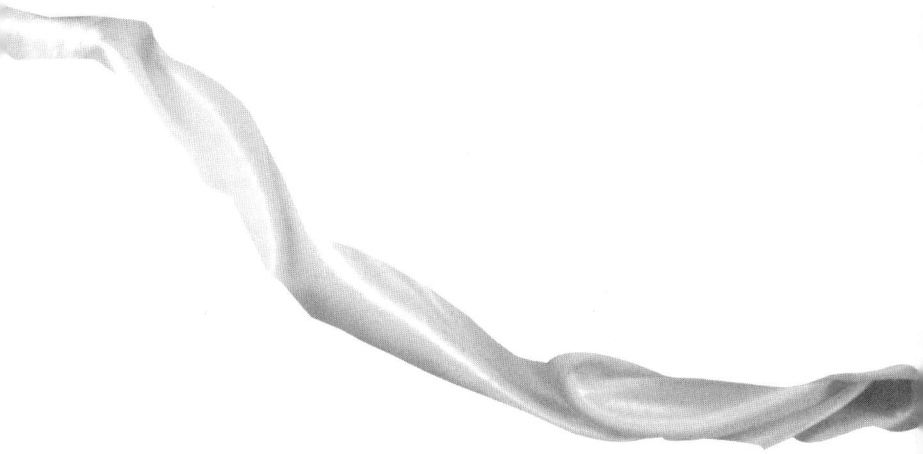

有聲製作小傳

聲音導演／黎煥雄

河左岸劇團、創作社劇團創始成員。資深音樂企劃工作者，曾任EMI唱片國外處資深經理，製作專輯包括胡乃元《純真年代》、《無伴奏風景》，幾米《地下鐵》、《向左走向右走》等專輯。近年主要劇場編導作品：國家交響樂團——NSO歌劇神話《華格納／尼貝龍指環》（劇場統籌）、歌劇系列《貝里尼／諾瑪》(導演，台新藝術獎年度決選)。銀翼文化：《幾米幸運兒——音樂劇》（編導）。誠品戲劇節：《kenji賢治》（編導）。創作社劇團：《幾米地下鐵——一個音樂的旅程》(編導)　、《夜夜夜麻》（導演）。河左岸劇團：《燃燒的地圖》（編導）、《彎曲海岸長著一棵綠橡樹》（編導，台新藝術獎年度決選）。詩、散文創作散見《聯合文學》與各副刊。出版詩集《寂寞之城》，劇本《星之暗湧》、《幾米地下鐵——一個重新想像的旅程》等。

音樂創作／陳建騏

1973生，淡江大學會計系畢業，曾入圍金曲獎「流行音樂類最佳製作人」提名、金馬獎「最佳原創電影音樂」，經歷包含唱片製作：「幾米，微笑的魚」音樂專輯（第十六屆金曲獎「最佳流行演奏專輯」提名）、幾米，地下鐵音樂劇原聲帶（第十五屆金曲獎「流行音樂類最佳製作人」提名）；電影作品「艷光四射歌舞團」（入圍第41屆金馬獎「最佳原創電影音樂」）、「十七歲的天空」等；亦曾擔任許多知名歌手演唱會之鍵盤手。劇場作品包括：莎士比亞的妹妹們的劇團「自己的房間」、「666著魔」、「蒙馬特遺書」、創作社劇團「KiKi漫遊世界」、「天亮之前我要你」、「幾米地下鐵」、「驚異派對」等。

遺失的哈達

許悔之

目次

1990年代後期在一場詩的聚會中。（攝影／張國治）

2005年3月27日與1992年諾貝爾文學獎得主Derek Walcott在台南國家台灣文學館。（攝影／Sigrid Nama）

詩人手稿

【有聲CD朗誦詩選】

附錄

天眼紅塵

許悔之的佛陀世界

◎王孝廉

1

一個給人一種清純灑脫感覺的許悔之，居然也寫了這樣的一本異色詩集。我之所以覺得這本詩集異色，是因為這些詩是直接而又隱晦，色空而又執著，法喜而又愛染。在這本詩裡，我彷彿看到在阿難的悔懺聲中混合著烏鴉昂奮的絕唱。在人世間歡愉欲死的絕望呻吟聲中照見歌舞方歇人即絕滅的虛空。

在許悔之的佛陀世界，看到的是愛染之火，惡瘧之心，野兔之軀，貪慾之鳥。是一個「人行邪道，如此歡喜」的情、慾與愛的和聲之歌。是澄明之中的濁惡，也是濁惡之中的澄明。

世間唯有追求好色，縱情極欲，最是一生上妙快樂（法藏因緣傳）。在許悔之的佛陀世界中，有縱舞狂歡地追逐「一只無比豐饒的乳房」、「一個比海更遼闊的子宮」以及一只「來不及腐爛的法器」。跳蚤咬囓吸吮著佛陀的鮮血，潛入佛陀那無比豐饒的軀體，「面對著佛陀唱著淫猥而心愛的歌。」是一個沒有明日，只有眼前歡悅的色欲境界。

來世，來世願墮畜生道
可惜再也沒有
一個明天可以為你活

——〈覺有情〉

2

魯迅在一篇題名「墓碣文」的文字中說：

于浩歌狂熱之際中寒，于天上看見深淵，于一切眼中看見無所有，于無所希望中得救。……有一游魂，化為長蛇，口有毒牙，不以嚙人，自嚙其身，終於殞顛……。

許悔之的佛陀世界則是把菩薩化為觸手可及的肉身，讓菩薩彎腰吻他如刀的唇和撫摩他爆燃的身。他詩中的阿難，一方面忘不了前世與摩登伽女交合的歡悅，一方面又在沉淪的慾念中種植澄明。

祢是那舟，帶我渡河
河既未渡，如何燒舟？
——〈跳蚤聽法〉

明知道解纜放舟才是智者，但又心隨舟去，徒喚奈何？明知道眼前是無限無盡的黑，但又無悔地大步前去。既要自焚、而又要喊痛？雖然阿難口中喃喃地說：「我佛慈悲，無上慈悲，我佛莫要，為我流淚。」

自斷一臂，自斷一臂
歌舞方歇，人即滅絕
——〈歌舞方歇〉

立雪嵩山的慧可，自斷一臂以呈達摩是為了「我心不寧，乞師與安」。而許悔之的佛陀世界的斷臂，則是「花雨飄落在佛陀的肩上，夜叉迎著佛陀袒露下體」的生繭和龜裂。縱然是隻履西歸的達摩再度東來，恐怕也只有再度沉默罷了。

對於一個男人來說，每次的勃起與交合的完成，都意味著一次的死亡，而在死亡之中又孕含著再生的契機。在許悔之所經營的佛陀世界中，我們一面看到性的歡悅，同時又看到去勢的恐懼。就像不斷消失的彩虹，圍繞著不能言說的至大虛空。喇嘛下山，何必剜目？不再回來的喇嘛，是飛蛾撲火的執著？或是五蘊皆空的覺悟？

3

巫山之上，一片雲追逐著另一片雲，雲起雲落，雲離雲合，聚散皆是偶然。雲底下孤峰頂上，有白衣女子佇立長空，淚盡化為石，風雪畢至，無天可呼。

許悔之的佛陀世界是「夢中夢見身外身」的無明與明悟，是天眼覷紅塵的眼中之身。當少年子弟在秋燈夜雨的江湖路上白了頭髮的時候，這本詩集也許會成為許悔之許多詩集之中的一個異色。當他的佛陀世界中的眾生，在飢餓嗥叫一如草叢中獨自張望的狼，當他筆下的阿難縱舞狂歡之後而尋找轉世的活佛的時候，也許他會發現或他已經發現，雪深五尺，歸路即在腳下。

〈自序〉

以人身為法器

◎許悔之

時為一九九三年，我寫成了一本詩集，大致上以佛教典故入詩，一九九四年六月由皇冠出版印行，集名《我佛莫要，為我流淚》。此書由王璇（王孝廉）先生賜序，陳秋松先生圖繪並為文，裴元領先生寫〈大不敬〉乙文以為理解和友誼。此書絕版有年，唯向我詢問者頗眾，各種中外文選集譯本收錄此書詩作亦多；身為作者，今日此集得以全新面貌問世，實悲欣交集。

所悲者，寫作此書時重病的父親已辭世多年矣！十三年倏忽而過，人事多有全非。當年的激情化為文字修辭、音韻聲響，我在個人生命的大變動中，所殷殷追索銘記者，時光之塵落盡，或多或少有了藝術溝通的價值，是以悲欣交集。

人死後往哪裡去？這是我從小便困惑不已的問題。如果人終究要死，此生有何種積極的意義？

二〇〇五年五月廿三日，有幸在花蓮得見證嚴法師，兩三個小時的法語如雨，洗去了不少胸中之塵。諸佛世尊皆出人間，非由天而得也！洵為真言。此刻之我，對無常不再那麼恐懼，對人間也有了更大的信任和歡喜。

《我佛莫要，為我流淚》今易名為《遺失的哈達》，當年的原稿亦取出供新編所用，我從已呈漫漶的原稿辨識出自己十三年前青春的印記。同時此書收錄我二〇〇五年所寫的〈唐努烏梁海〉、〈貝加爾湖〉，此二詩脫胎於《大唐西域記》、《法華經》和《佛說大乘莊嚴寶王經》，讀者可從今昔之比，看出一個人間的困惑者，以人身為法器的努力。

黎煥雄、陳建騏兩位先生對詩集的CD，貢獻了他們卓越的音樂能力。我對自己詩作的聲音演出能附麗於他們的才情和專業之上，感到非常榮幸！林載爵先生、邱靖絨小姐的支持，讓《遺失的哈達》能以如此精緻的面貌呈現，雖是因緣和合而成，我卻有著被錯愛的珍惜。

在詩裡，遺失的哈達得以重現，已是輪迴之後；而詩，是我在人間認真活過的證據。

過去現在如此，未來亦復如是。

（二〇〇六年九月二十三日）

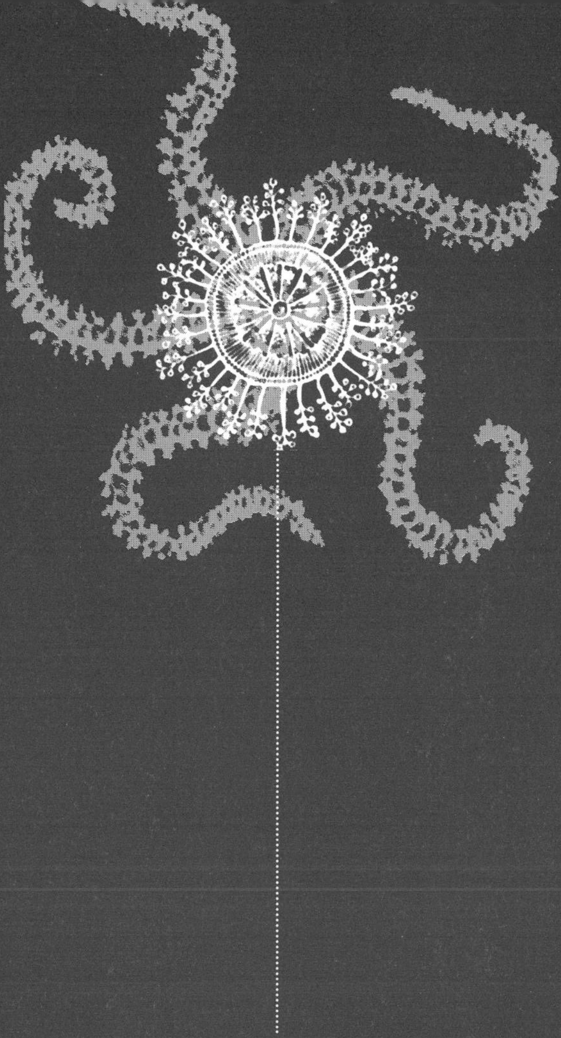

新作兩首

貝加爾湖

當我帶領找尋你
轉世的隊伍
騎著騾，跋涉千里
月初昇時，我遇見你
你正用蒙古語朗誦
自己寫的歌詩
有一匹心愛的白馬名叫奔雷
純白勝雪
依靠在你身邊

如我入定時所看見
我不知所措地望著一切
不知道觀世音菩薩的化身
是白馬，還是你

貝加爾湖

當我帶領找尋你
轉世的隊伍
騎著騾，跋涉千里
月初昇時，我遇見你
你正用蒙古語朗誦
自己寫的歌詩
有一匹心愛的白馬名叫奔雷
純白勝雪
依靠在你身邊
如我入定時所看見
我不知所措地望著一切
不知道觀世音菩薩的化身
是白馬，還是你

你在湖邊用藏語
向我問候
神態自若而萬千威儀
問及屬於你的經卷唐卡
宮殿及諸法器
一切安好否
十二顆星星在天空
大放光明
像一只大玉瓶
盛裝了智慧與慈悲

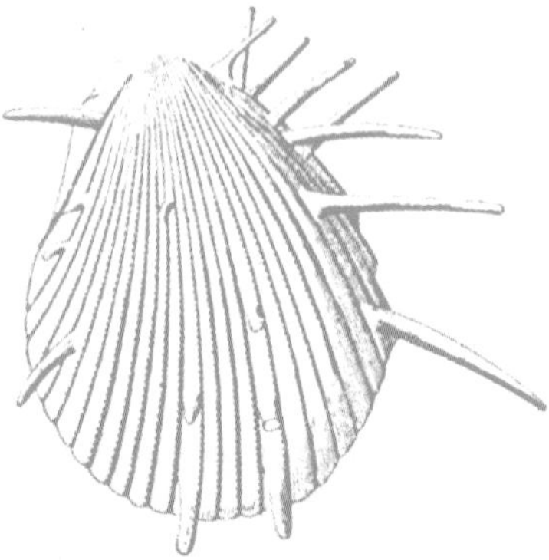

月亮和太陽
以及诸天的眼淚

你在湖邊用藏語
向我問候
神態自若而萬千威儀
問及屬於你的經卷唐卡
宮殿及諸法器
一切安好否
十二顆星星在天空
大放光明
像一只大玉瓶
盛裝了智慧與慈悲
月亮和太陽
以及諸天的眼淚

我在湖边洗臉淨手
鋪好毛毯，請你上座
为你講完一卷經
此生我为師，為你說法
擦亮你累劫的智慧
你为法之寶王
乘願再來
以童男之身遊戲人間
再入娑婆世界——

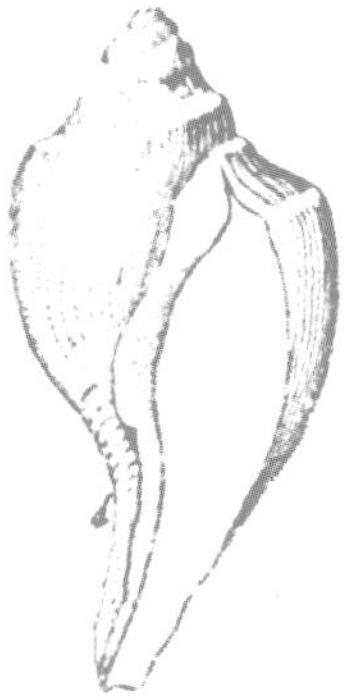

我在湖邊洗臉淨手
鋪好毛毯，請你上座
為你講完一卷經
此生我為師，為你說法
擦亮你累劫的宿慧
你為法之寶王
乘願再來
以童男之身遊戲人間
再入娑婆世界

我從懷中取出
你的金筷銀碗
起火，舀水注入鍋中
烹煮今夜的香積飯
香氣四飄，無量無邊
當風掠過貝加爾湖
低闊之声如梵唱
诸天以百千旬之喉嚨
發出声音
你端坐巍巍

我取出剃刀，削了你的髮
然後頂礼

我從懷中取出
你的金筷銀碗
起火，舀水注入鍋中
烹煮今夜的香積飯
香氣四飄，無量無邊
當風掠過貝加爾湖
低悶之聲如梵唱
諸天以百千旬之喉嚨
發出聲音
你端坐巍巍
我取出剃刀，削了你的髮
然後頂禮

我已經老了
想起那一世你化身為白馬
馱我於背，載我渡湖
免於覆舟之漂溺
此生我為了尋你
耗竭所有心力
終得見你
百千億劫啊不可思議
不可思議

我已經老了
想起那一世你化身為白馬
馱我於背，載我渡湖
免於覆舟之漂溺
此生我為了尋你
耗竭所有心力
終得見你
百千億劫啊不可思議
不可思議

當風掠過貝加爾湖
你用完飯，洗足訖
從湖底撈出一顆星星
並且將之擦亮
置放在我手上
對我說：那是你彼世的眼淚
眼淚一滴
我把它藏在冰冷的湖底

（二〇〇五年八月廿八日）

當風掠過貝加爾湖
你用完飯，洗足訖
從湖底撈出一顆星星
並且將之擦亮
放在我手上
對我說：那是你彼世的眼淚
眼淚一滴
我把它藏在，冰冷的湖底

（二〇〇五年八月廿八日）

唐努烏梁海

那取經的法師
途經一國名為高昌
國王以銀盤裝盛
葡萄與哈密香瓜奉上
宛若滿滿的瓔珞和珠寶
國王聽聞佛法
頓覺往昔之日異常枯涼
渴法而脆弱的國王

不願法師離開
因為法，就在此
捨此緣會，他以為沒有人
可以拯救他

唐努烏梁海

那取經的法師
途經一國名為高昌
國王以銀盤裝盛
葡萄與哈密香瓜奉上
宛若滿滿的瓔珞和珠寶
國王聽聞佛法
頓覺往昔之日異常枯涼
渴法而脆弱的國王
不願法師離開
因為法，就在此
捨此緣會，他以為沒有人
可以拯救他

天竺路遠
必須快快啟程
取經的法師絕食三日
盤旋於天空的鷹鷲
駐足城垣
斂翅，而垂目
城之外，是牛馬和羊羔
牠們發出了，齊一的聲響
掩面而泣的國王看見自己漂流
依舊流轉的六道
危脆的人身最為可貴若瓷瓶
而離別，就如同瓷瓶有了裂痕

天竺路遠
必須快快啟程
那取經的法師絕食三日
盤旋於天空的鷹鷲
駐足城垣
歛翅，而垂目
城之外，是牛馬和羊羔
牠們發出了，齊一的聲響
掩面而泣的國王看見自己漂流
依舊流轉的六道
危脆的人身最為可貴若瓷瓶
而離別，就如同瓷瓶有了裂痕

夜裡有馬頭琴發出音声
鷹嘶尖唳
隱隱然地裂
從地湧出百千億菩薩！
那法師手指北方
殷殷地告訴國王：
爾後有一世，你是上釉的畫師
有一世，你是鈔經的僧人
有一世，你是打銀的工匠……
千數百年後
你將再次聽見馬頭琴之声響

夜裡有馬頭琴發出音聲
鷹嘶尖唳
隱隱然地裂
從地湧出百千億菩薩！
那法師手指北方
殷殷地告訴國王：
爾後有一世，你是上釉的畫師
有一世，你是抄經的僧人
有一世，你是打銀的工匠……
千數百年後
你將再次聽見馬頭琴之聲響

其地已不復名為唐努烏梁海
該地名稱一再更改已為其他
鷹鷲於空中盤旋
遍地都是低頭喫草的
牛馬野兔羊羔
生死依舊循環
月圓垂地之日
宛若大銀盤
你將在草原上
嗅聞至廣無邊的香氣
瀰漫，瀰漫一切地
乃至大海洋

其地已不復名為，唐努烏梁海
該地名稱一再更改已為其他
鷹鷲於空中盤旋
遍地都是低頭喫草的
牛馬野兔羊羔
生死依舊循環
月圓垂地之日
宛若大銀盤
你將在草原上
嗅聞至廣無邊的香氣
瀰漫，瀰漫一切地
乃至大海洋

那裡有地，地甚貧瘠
那裡有水，水常枯乾
那裡有火，火甚飄忽
那裡有風，風極焚熱，
但那地底，有百千億
百千億護衛你的大菩薩
千數百年前，這一切曾經示現過

千數百年前，我名為玄奘
我曾經為你講經
就會永遠為你說法

（二〇〇五年七月十日）

那裡有地，地甚貧瘠
那裡有水，水常枯乾
那裡有火，火甚飄忽
那裡有風，風極焚熱
但那地底，有百千億
百千億護衛你的大菩薩
千數百年前，這一切曾經示現過

千數百年前，我名為玄奘
我曾經為你講經
就會永遠為你說法

（二〇〇五年七月十日）

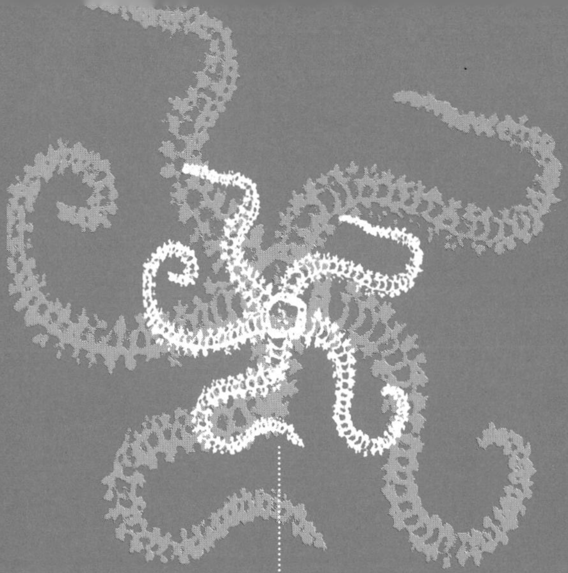

我佛莫要，為我流淚

我的佛陀

踩踏過我，我的佛陀
請踩過我的手，我的頭
山岳擠壓中我激狂的顫抖
我沒有鮮花可以獻奉
請垂憫我如此貧窮

踩踏過我，我的佛陀
請踩過我，我的骨斷頸折

請踩過我我生而悲哀的血肉
我匍匐在生命的每一灘水窪
等祢不忍而無奈的腳步，踩過我

我的佛陀
凡踩踏過的
都是祢的地，祢的土
祢是不能言說的至大虛空
我是那不斷消失中的彩虹

跳蚤聽法

我的佛陀，當祢巍巍端坐
如蓄勢的海，不動的山
我卻只聽見蟬嘶盈耳
如浪奔來，淹沒我對祢的呼喚
呼喚祢，我的佛陀
我跟隨祢，聽祢說法四十年
早已知道祢實無一法可說
我也無一法可得
祢是那舟，帶我渡河
河既未渡，如何燒舟？

四十年來，我嗅祢的味
觀祢的形，見法如棄嬰長大
而祢，我的佛陀祢日益消瘦
我聽見祢的骸骨瞬間的崩落

我也有喜，不喜法喜
我是一隻跳蚤，被寬容地
可以活在祢的衣裡，懷抱之中
他們還在聽祢說法
或因羞慚而涕淚悲泣
或因體解而讚嘆歡喜
只有我，只有我知道

祢是什麼都再也不能說了

四十年來，我將第一次
悲哀而無畏的
咬嚙祢，吸祢的血
我有法喜，這世界只有我
吮過祢的寶血
我有法悲，因為我吸的是
這世界最後一滴淚

譬如愛染

吸了祢的寶血，我的佛陀
我渺小的身體必須永遠活下去
永遠地揹著一座須彌山
自南往北，從東到西
永遠揹著祢
我為祢邊跳邊唱
不肯相信祢已經圓寂
我要走進人間
產下一窩又一窩的卵
孵化出成千上萬的

黃金打造的身軀

啊我的佛陀
我曾經咬嚙過祢
他們也將愛上
我那吸吮過祢的口器

眼觀鼻

眼觀鼻
鼻觀心
看見我的心
潛入我的佛陀
那無比豐饒的軀體

有歌曰

以色見祢
音聲求祢
人行邪道
如此歡喜

無可比擬

甚至威力莫測的海
海中漂游的鯨魚
彷彿沸騰，或者凍結
也都要穿越

甚至海浪撲面時
喜悅的經血

我佛慈悲——阿難悔懺

我佛如風，欲滅我愛染之火
我佛如火，洞照我心的惡瘧
我佛如山，放生我肉體的野兔
我佛如林，棲息我貪慾的鳥隻
我佛知悉我將與摩登伽女在前世交合
我佛安慰我唯有濁惡才能種植澄明
我佛許諾我若當來世將先度我
我佛撫摩我，撫摩我的頭

我佛慈悲，無上慈悲
我佛莫要，為我流淚

空中充滿烏鴉興奮的叫聲

我的菩薩彎腰吻我如刀的毒唇
我的菩薩撫摩我火炭爆燃之軀
我的菩薩是微風，是烏鴉，是疾走如獸的雲
我的菩薩因見證我的劫數
而化為觸手可及的肉身

山林在歡愉欲死之中絕望呻吟
空中充滿烏鴉興奮的叫聲

歌舞方歇

我的腳因不止的舞步而生繭
我的喉為緜長的歌唱而龜裂
我是花雨飄落在佛陀的肩上
我是夜叉迎著佛陀袒露下體

自斷一臂，自斷一臂
歌舞方歇，人即滅絕

覺有情

一群烏鴉呱呱飛近了
啄食我身上
來不及朽爛的腐肉
牠們也將被我傳染那
致命的劇毒
面對佛陀唱著
淫猥而心愛的歌

來世，來世願墮畜生道
可惜再也沒有
一個明天可以為你活

願十方惡鬼皆得安息

我的佛陀，我的每一個
明天都曾經為祢活，活著
見證祢無與倫比的尊榮
我匍匐在地，吻祢的趾頭
我橫刀斷頸，教汙血
氾流成河，天在下
地在上，最後一次
我為祢縱舞狂歌
我的佛陀，一切世間天人
阿修羅都將歡喜
願我罪惡的死挽救明天
讓十方惡鬼皆得安息

遺失的哈達

我們攜手，站在轉世的渡口
船就要來了，我們深深的對望
來生終將如月圓滿，遍照
十方虛空和我們的心房

然而風起轉狂
吹走了繫在你頸上的哈達
你心愛的哈達隨風而飄
我去追它，催你先上船

以為下一艘我就能趕上你
誰知哈達飄得那麼快
翻山越嶺，飛過大洋
五年之後我終於找到它

再過三十年，你坐在堂上說法
依序為生病的身軀繫上哈達
祝福迷途的靈魂堅厚充實
如架上葡萄的果肉撐得飽滿

輪到我了——我彎腰接受你
為我繫上哈達，那今生蜜鑄的鐐銬
我從懷中取出那遺失過的哈達
看見你眼中有滾滾紫色淚光

轉世之歌

請祢轉世，我的活佛
在雪之巔，每之角，天之涯
我去尋祢，騎著驢，坐著船
搭著飛機，我去尋祢

我去尋祢，髣髴聽見祢在
哪一座陌生而遙遠的村莊降生
哭泣，祢餓的時候
我是那只興奮而焦急的乳房

因乳汁久脹而欲崩裂，而莫名的
哀悲，一隻狼在草叢中張望
今夜無星，無月，無明無光
天地因祢飢餓而嗥叫發狂

日後眾生將圍繞著祢就好像
祢是這個世界倖存的一只乳房
上升到空中成為巨大的太陽
上升到空中成為幽幽的月亮

我去尋祢，我將找到祢
我要帶祢去沒有人找得到的地方
我去尋祢，我知道祢在何處
我要把祢生為活佛的祕密永遠隱藏

喇嘛下山

那活佛捻著人骨念珠
那活佛講說恆河沙劫中不可思議的轉世
那活佛是天上的月亮太陽，地上的王
那活佛為喇嘛演繹無上甚深智慧
寂滅最樂之土

那喇嘛突然聞到
肉體的焦味
混合著柑橘的甜香
瀰漫一切地，乃至大海
哪喇嘛宛目下山
再也沒有回來

荒廢的肉體

趁我的頭顱還美麗
將它砍去吧，提在手裡
用力，用力的鼓擊

不忍腐爛和生蛆
我荒廢的肉體是這世間
被遺忘的法器

愛的垂危

我的觀世音菩薩摩訶薩
我的兒子今天滿半歲
我的父親在病床上口渴
等祢楊枝灑水
我已看見了祢但祢究竟
究竟是誰？

我的觀世音菩薩摩訶薩
祢是學步幼兒的腳
祢是鎮痛的注射嗎啡
祢是三十九度八的高熱
祢是高地上一個長長的寒顫
啊祢說愛比死死比生更接近垂危

世界末日到了

在黑暗中燐似發光的
那一雙相擁的骨骸
坐著廢礦場的採煤車
以1/4拍的速度
向地心滑落……

世界末日到了
還沒愛過的人如此理當悔改

恐龍不死

揮舞肢爪，張大嘴巴
卻始終說不出什麼話的
恐龍，悲傷地
咬斷了自己的舌頭

考古學家
愛憐的撫觸牠
給牠食物，和水
以及不斷沉沒的沼澤

火車

那是一個尷尬的午後。

破舊的運煤火車載滿了屍體，正要起動，加速，開往海邊去。天色詭暗，雲塊如鉛，恐怕還未到海邊的時刻，這裡已經下雨。

「火車來了！火車來了」沿途將有孩童的笑聲，像小時候我們貼近疾馳的火車感受它割裂空氣的戰慄。

我踏過一節又一節的車廂，在發臭的屍堆中找尋自己。

死亡是美麗的

死亡是如此
如此美麗的
臨死前，他們列隊
來親吻我朽壞的肉身
擁抱我，哭泣我
那不夠罪惡的靈魂

死亡是美麗的
雲在一千萬顆頭顱之間
停停，走走
陽光幽幽在密林中穿照
風，吹過石雕的衣襬
而發出了聲響

不忍——詩致林義雄

讓蚯蚓繼續翻身在土裡
在最接近天空的蘭陽盆地
整座平原宛若一架鋼琴
母者和孫女是斷去的那根弦
這一次，她們並沒有時間
可以彈到高音C

所有的蚯蚓都將繁殖在這裡
春雨像飛針刺痛了

土地的背脊
善良的靈魂猶依依
不忍登上從空而降的天梯
她們一再徘徊

她們躲進雨中的一棵尤加利
大樹堅強地挺直了腰桿
不忍讓她們看見
那彎下身來而抱面痛哭的自己
但終究，還是有一些滾燙的雨滴
穿過了樹葉之間的縫隙

愛上死嬰——謝燁被顧城所殺

愛上一個孱弱的
詩的男人
愛上一具呱呱啼哭的
貪婪的死嬰

黑色的眼睛
在黑暗中找不到一絲光明
白爍爍的斧頭
劈開了比海更遼闊的子宮

來不及成胎的
死亡的分娩
痛的過程
如下沉的船錨
狠狠咬住了絞鍊

在羊水的海中起錨
載著死嬰
暗礁穿刺裡航行
帶他去投生

死亡的體熱

黑暗中伸出的手
慢慢向前
因感受到死亡的體熱
而忍不住
忍不住顫抖

聽那鬼的歡叫

眼看見
夏天吃著自己的影子
還沒走遠
草叢裡的螢火蟲
就都被吞掉了
剩下三兩隻
失魂的，上下竄飛
一群鬼緊跟在後頭逐追

我邀請他們

一起來唸九九乘法表
然而鬼，是不用上學的
夜晚他們用來嬉戲
白天，他們也不必早起

發高燒的那一夜
父親的摩托車
往小鎮醫生家馳飛
警察在路邊臨檢
我努力地睜開眼睛
好像聽見有人在叫我
叫我趕快過去

病癒後的那一晚

我拿著小小的板凳
坐在偌大的曬穀場
背誦九九乘法表
慶幸記憶依然存在
涼風吹來
混雜著薄荷與腥臭
我聽見
池塘裡的水蛇張大嘴
扭動著滑行的軀體
咬住了小魚
一群鬼因目睹這短暫的騷動
而忍不住歡叫
是該回家的時候了
他們牽手，踏過池塘而去

颱風

凌晨五點
父親坐著時鐘飛到我的床前
放映一座浸水的村莊：
七月狂暴的颱風夜
斷竹被狂風削成一把把飛箭
刺穿了雞鴨飄上天
屋內下起大雨
母親，我，妹妹
和襁褓中的弟弟
躲在床角
看著父親披起雨衣

父親坐著手電筒
飛了出去
家裡的小魚池又要漲水
那些辛苦長大的草魚和鯉魚
都將在今夜
跟著滿溢的池水
沖到馬路上，和隔壁田裡

雨停了
父親坐著空空的米缸
我跟在他的身後
撿拾那些暴斃的魚

有幾條還喘著氣
父親沉默著
導演忘了給他台詞
他在閃躲避不掉的
命運攝影機
他用力踩著腳踏車
踩著踩著，想要逃離

逃不掉的父親
慢慢底無法抵抗地心的引力
我在一綑膠卷中
不忍心叫醒他
我自言自語說爸爸，讓我

趕走停在你鼻尖的
那隻肥大的
蒼蠅

父親卻拚著餘力
坐上時間這隻蒼蠅
飛到我剛滿月的兒子面前
我指著熟睡中的他
說：爸爸，你看他多麼像你！

父親笑了
我們坐著他疲倦的心臟
一同飛回，那年的颱風裡去……

在臟腑間行走

父親在咳嗽
他在震動的臟腑間行走
牽著童年時候
我的手

光之心房

甚至連那樣頑強的
癌細胞也都要低頭羞慚
炯炯而不可逼視的
光所鑄造的心房

我的觀世音菩薩

我的觀世音菩薩，菩薩摩訶薩
祢是癌，諦聽痛的呼聲
祢是葉上之蟲，等著惡鳥啄食
祢是帶血的臂肉，刀光即將閃過
祢是刀光割截後仍愛撫賊盜的手
祢是手，祢是腳，祢是眼睛
因有情悲憫哭泣而終將失明
祢是耳朵，聽受眾生的啼哭
震碎了心肝，而將自己刺聾

我的觀世音菩薩，菩薩摩訶薩
如果有人，有人稱念觀世音菩薩

自虐者語

「我佛莫要，為我流淚」（編按：此為絕版詩集書名，今作為輯名。）裡的詩，全部寫於一九九三年，其中的〈不忍〉曾收入一九九三年出版的詩集《肉身》，整個詩集的主體作品則完成於民國九三年十至十二月。

像〈愛的垂危〉，寫於去年十二月十一日的林口長庚醫院，我因為在病床上的父親與絕望的母親之間居然找到了詩的位置，而忽忽如狂。父親此刻的健好當然不是因為這首詩的緣故，詩，從來就不是我們共同的話題。

我們共同的部分一點也不需要詩的詮釋，反倒是那些陌生的心靈經驗才催化了詩，迷離的而又有著具體外貌的。

詩，隱匿著等待致命的出擊；捨不得死或死而無憾原是一體兩面，我知道，有一個人會懂得這一切。

一九九四年四月廿七日於台北

詩人手稿

（有聲CD朗誦詩選）

我的佛陀

踩踏過我，我的佛陀
請踩過我的頭，我的手
山岳擠壓中我激狂的顫抖
我沒有鮮花可以獻奉
請垂憫我如此貧窮

踩踏过我，我的佛陀
請踩過我我的骨斷頸折

請踩過我我生而悲哀的血肉
我匍匐在生命的每一灘水窪
等祢不忍而無奈的腳步，踩過我
我的佛陀
凡踩踏過的
都是祢的地，祢的土
祢是不能言說的至大虛空
我是那不斷消失中的彩虹

◎一九九三年作品
◎二〇〇六年重抄

跳蚤聽法

我的佛陀，當祢巍巍端坐
如蓄勢的海，不動的山
我卻只聽見蟬嘶盈耳
如浪奔來，淹沒我對祢的呼喚
呼喚祢，我的佛陀
我跟隨祢，聽祢說法四十年
早已知道祢實無一法可說
我也無一法可得

祢是那舟，帶我渡河
河既未渡，如何燒舟？
四十年來，我嗅祢的味
觀祢的形，見法如棄嬰長大
而祢，我的佛陀祢日益消瘦
我聽見祢的骸骨瞬間的崩落

我也有喜，不喜法喜
我是一隻跳蚤，被寬容地
可以活在祢的衣裡，懷抱之中

他們還在聽你說法
或因羞慚而涕淚悲泣
或因体解而讚歎懽喜
只有我，只有我知道
你是什麼都再也不能說了

四十年來，我將第一次
悲哀而冀畏的
咬嚙你，吸你的血
我有法喜，這世界只有我

吮過祢的寶血
我有法悲，因為我吸的是
這世界最後一滴淚

⊙一九九三年十月廿八日深夜作
⊙二〇〇六年重抄

譬如愛染

吸了祢的寶血，我的佛陀
我渺小的身體必須永遠活下去
永遠地揹著一座須彌山
自南往北，從東到西
永遠揹著祢
我為祢邊跳邊唱
不肯相信祢已經圓寂
我要走進人間

產下一窩又一窩的卵
孵化出成千上萬的
黃金打造的身軀

啊我的佛陀
我曾經咬嚙過祢
他們也將愛上
我那吸吮過祢的口器

1993.12.25
凌晨

有歌曰

以色見祢
音聲求祢
人行邪道
如此歡喜

1993.10.26 傍晚

空中充滿烏鴉興奮的叫聲

我的菩薩彎腰吻我如刀的毒唇
我的菩薩撫摩我火炭爆燃之軀
我的菩薩是微風，是烏鴉，是疾走如獸的雲
我的菩薩因見證我的劫數
而化為觸手可及的肉身

山林在歡愉欲死之中絕望呻吟
空中充滿烏鴉興奮的叫聲

1993.11.4中午

我佛慈悲

——阿難悔懺

我佛如風，欲滅我愛染之火
我佛如火，洞照我心的惡癰
我佛如山，放生我肉体的野兔
我佛如林，棲息我貪慾的鳥隻
我佛知悉我將與摩登伽女於前世交合
我佛安慰我唯有濁罨才能種植澄明
我佛許諾我若當來世將先度我

我佛撫摩我，撫摩我的頭
我佛慈悲，無上慈悲
我佛莫要，為我流淚

1993.10.31深夜

歌舞方歇

我的腳因不止的舞步而生繭
我的喉為綿長的歌唱而龜裂
我是花雨飄落在佛陀的肩上
我是夜叉迎著佛陀坦露下體

自斷一臂，自斷一臂
歌舞方歇，人即滅絕

1993.10.26 淩晨

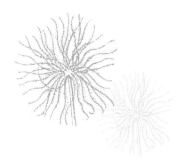

遺失的哈達

我們攜手，站在轉世的渡口
船就要來了，我們深深的對望
來生終將如月圓滿，遍照
十方虛空和我們的心房

然而風起轉狂
吹走了繫在你頸上的哈達
你心愛的哈達隨風而飄

我去追它，催你先上船
以為下一艘我就能趕上你
誰知哈達飄得那麼快
翻山越嶺，飛過大洋
五年之後我終於找到它

再過三十年，你坐在堂上說法
依序為生病的身軀繫上哈達
祝福迷途的靈魂堅厚充實
如架上葡萄的果肉撐得飽滿

輪到我了——我彎腰接受你
為我繫上哈達，那今生蜜鑄的鐐銬
我從懷中取出那遺失過的哈達
看見你眼中有滾滾紫色淚光

1993.11.18 早晨

轉世之歌

請祢轉世，我的活佛
在雪之巔，海之角，天之涯
我去尋祢，騎著驢，坐著船
搭著飛機，我去尋祢

我去尋祢，髣髴聽見祢在
哪一座陌生而遙遠的村莊降生
哭泣，祢餓的時候
我是那只興奮而焦急的乳房

因乳汁久漲而欲崩裂，而莫名的
哀悲，一隻狼在草叢中張望
今夜無星，無月，無明無光
天地因祢飢餓而嗥叫發狂

日後影生將圍繞著祢就好像
祢是這個世界倖存的一只乳房
上昇到空中成為巨大的太陽
上昇到空中成為幽幽的月亮

我去尋你，我將找到你
我要帶你去沒有人找得到的地方
我去尋你，我知道你在何處
我要把你生為活佛的秘密永遠隱藏

1993.11.8日早晨

荒廢的肉體

趁我的頭顱還美麗
將它砍去吧，提在手裡
用力，用力的鼓擊

不忍腐爛和生蛆
我荒廢的肉體是這世間
被遺忘的法器

1993.11.22 凌晨

我的觀世音菩薩

我的觀世音菩薩，菩薩摩訶薩
祢是癌，諦聽痛的呼聲
祢是葉上之蟲，等著惡鳥啄食
祢是帶血的臂肉，刀光即將閃過
祢是刀光割截後仍愛撫賊盜的手
祢是手，祢是腳，祢是眼睛
因有情悲憫哭泣而終將失明

祢是耳朵，聽受眾生的啼哭
震碎了心肝，而將自己刺聾

我的觀世音菩薩，菩薩摩訶薩
如果有人，有人稱念觀世音菩薩

1993.10.21

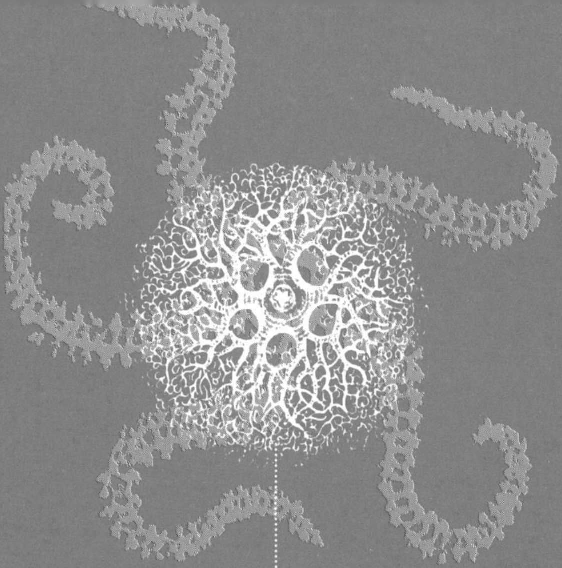

附錄

大不敬

——只寫給麻木者……

◎裴元領（東吳大學社會系副教授）

那時安靜下來了，那時什麼都看不見了，那時沒有體香膚觸，那時沒有盡頭，於是沒有那時。那時大，因為你小，那時大不敬，對你不敬。你有何可敬？你自恃智慧美貌，耳聰目明，實則不曾看過比眼睛更大的東西，聽過比耳朵更大的聲音，你日漸老去，自食其果，焚燒自己的肉軀，裝飾自己的醜穢，尚且顧影自憐，用動搖的牙齒咀嚼殘生。你既然不知死之將至，所以詩人對你一無可敬，對你大不敬。

那時歌舞方歇。那時詩人早已知道——

早已知道祢實無一法可說
我也無一法可得

——〈跳蚤聽法〉

◎1990年代後期於捷克布拉格卡夫卡（F. Kafka）博物館前。（攝影／作者提供）

那時，你在做什麼勾當？「趁我的頭顱還美麗／將它砍去吧，提在手裡／用力，用力的鼓擊」（〈荒廢的肉體〉）那時你還在已廢棄的詩集裡尋找美學嗎？「來世，來世願墮畜生道／可惜再也沒有／一個明天可以為你活」（〈覺有情〉）你還在尋找詩人嗎？「我是夜叉迎著佛陀袒露下體」（〈歌舞方歇〉）詩人其實不是對你不敬，對你而言這個問題並不存在；詩人只是對祢不敬，和你沒有任何關係，這不是你的事情，所以不必義憤慎膺。結結實實記住——

我爲祢邊跳邊唱
不肯相信祢已經圓寂

——〈譬如愛染〉

那時，你這小信的人還有何話說？你這連滾帶爬的生物尚且不肯止住，匍匐在地，還站在一旁比手畫腳喳呼個沒完，那麼這麼詩索性就與你無關了。你不敬詩，詩不靜你，任你狂言囈語。那時，願每一個人只要牢牢抱住自己的無聊就好了。

讓詩人去吧。

一九九四年一月五日清晨四點四十三分

光之心房

——評介許悔之《我佛莫要，為我流淚》

◎奚密（美國加州大學戴維斯校區教授）

許悔之的最新詩集以〈我的佛陀〉開卷，以〈我的觀世音菩薩〉結尾。前者是對佛陀虔誠謙卑的禱辭，後者謳歌菩薩的慈悲。然而，這本詩集不當僅以一信徒之禮讚視之；更多的是詩人透過佛家的寓言世界對人生的苦苦探問。

詩人苦苦探問的主題是人皆不可避免的生與死、肉與靈、慾念與寂滅、無常與超越。肉身（許悔之一九九三年詩集的書名）是「不斷消失中的彩虹」：它歌、它舞、它豐饒、它甜美，但是它也是汙濁的、病的、毒的、爆燃和腐爛的。如果根據佛家的說法，這一切均源自慾求的業障，詩人並不視斷絕慾念否定肉身為通往解脫的途徑。畢竟，菩薩「因見證我的劫數／而化為觸手可及的肉身」：佛陀擁有「那無比豐饒的軀體」。後者引自〈眼觀鼻〉，全詩如下：

眼觀鼻
鼻觀心
看見我的心
潛入我的佛陀
那無比豐饒的軀體

重複出現的「我的」造成歧義的效果：「我的佛陀」可以指第三者也可以指說話者自身。

肉與靈、慾與無慾、凡人與佛陀既代表兩種相反的境界，同時又具有等同的關係。〈跳蚤聽法〉裡的跳蚤提出「法即是空」的命題：「我跟隨祢，聽祢說法四十年／早已知道祢實無一法可說／我也無一法可得」，並且洞悉佛的人性：「我聽見祢的骸骨瞬間的崩落」。這種詮釋與詩人對佛和菩薩的禮讚表面上似乎相衝突矛盾，實則不然。佛性與人性本是一體，不可或分。前者不能脫離後者而存在，必須依賴後者以完成其意義之所在。因之，〈遺失的哈達〉裡的佛陀亦不能忘懷於前世的情緣：

我從懷中取出那遺失過的哈達
看見你眼中有滾滾紫色淚光

「你」對前生愛人的依戀毫不減損「祢」的澄明莊嚴。

從以上的角度觀之，壓卷之作〈我的觀世音菩薩〉的最後一句自有其深意：「如果有人，有人稱念觀世音菩薩」。筆者以為「有人」二字正是全集精神之所在。詩人從人性來印證佛性，而非否定人性以求一超越的佛性。除了上面舉的幾個例子，〈喇嘛下山〉亦值得一提：

那活佛捻著人骨念珠
那活佛講說恆河沙劫中不可思議的轉世
那活佛是天上的月亮太陽，地上的王

那活佛為喇嘛演繹無上甚深智慧
寂滅最樂之土

那喇嘛突然聞到
肉體的焦味
混合著柑橘的甜香
瀰漫一切地，乃至大海
那喇嘛剜目下山
再也沒有回來

兩截式的結構呈現思想的轉折甚至前後對立。第一節描述佛法無邊，第二節倏然一轉；「肉體的焦味」暗喻肉身的腐朽，然而它也散發著「柑橘的甜香」。如果活佛是日是月是王，那麼瀰漫大地的人的腐臭與甘美、悲哀與激狂亦是人性的肯定。詩戲劇性的結尾頗具神祕曖昧意味：如果「下山」與高高在上的樂土相對，則剜目是否象徵著喇嘛對滾滾色界同樣斷然的摒棄？

在各式各樣宗教異常蓬勃的當代台灣，這本詩集的出現可視為此社會現象的一種反射，也代表了一個個人的反思和反應。詩人從一己的生命經驗和思維角度，重新詮釋佛家的寓言世界，處理龐大的人性生死的主題；在構思和語言上，均表現相當高的原創性和啟發性。借用集中〈光之心房〉的詩句，詩人一再關懷肯定的是人性／佛性，是那顆「炯炯而不可逼視的／光所鑄造的心房」。

刊於一九九四年《中時晚報·時代文學》

永世的阿難
——小論許悔之《我佛莫要，為我流淚》

◎賀淑瑋（清華大學台文所教授）

許悔之的《我佛莫要，為我流淚》共收錄二十八首詩，談情。情的一端有慾，於是誕生佛陀，作為情、慾拉鋸的場域。第十六首開始，主題游離到父親、林義雄，以及顧城殺妻等具體人事，情慾爭戰演變成生活札記，詩的節奏鬆弛，是詩人心情的慢速倒帶。本文著眼前十五首，特寫情慾。

十五首詩中，詩人以佛陀為鏡，映照貪癡愛恨——因此，佛陀只是詩人抒情／論述的媒介，因著詩人的情緒而變換風情。〈我的佛陀〉中，佛陀具有絕對權威，「踩踏」有情眾生。〈跳蚤聽法〉的佛陀則對人生束手，早已無一法可說。前者對應詩人自感卑微的生命，後者凸顯詩人的絕望心情。詩人的人生觀照透過佛陀，不斷展現，使得原本是「至大虛空」、無情無慾的佛陀長血長肉，甚至沾染塵緣，伸展「那無比豐饒的軀體」讓詩人「潛入」（〈眼觀鼻〉）。於是，祂凌空而降，墜入人世；祂既是歡愛的對象，也是救贖的象徵（〈我佛慈悲〉、〈願十方惡鬼皆安息〉）。臨去，祂還要站在「轉世的渡口」，緊緊牽絆詩人，永續情緣（〈遺失的哈達〉）。

以宗教揭露自我，戲劇性地獨白（dramatic monologue）內心的詩，自古即有，許悔之絕非空前。十七世紀的美國教士鄧約翰（John Donne）就以性愛寫宗教，激化了靈肉交戰的慘烈。然而，許悔之的目的不在宗教——佛陀只是他演出「人生」的舞台。這個舞台配備宗教的道具和背景，方便詩人造設情境、觸動觀眾想像。《易經》所謂「立象以盡意」的作用即在此：以意象竭盡意義的可能性。

許悔之因此「立（佛陀）像以盡（人間）意」。

佛陀的人間形象從來超凡入聖，受到詩人如此曲折，便增添了「人」的色彩，被迫人間事。然而，祂的「神格」仍在，正好凸顯人性。因此，詩人幽微的心靈通過佛陀的肉身得以清楚顯影。值得注意的是，佛陀並不是一個被動的客體；祂既可以開發詩人的情慾（想像），也能夠釋放詩人的心靈與肉體。祂既是顯教的神祇，也是密教的僧侶。

祂是活佛，是撫慰世界的乳房（〈轉世之歌〉）——祂當然也餵哺詩人——祂與詩人相應相生，互為主客。甚至，祂是孕育詩人的母體——詩人因祂而有詩。

詩人的詩又以情慾為主。詩的情慾描寫一向趨閃爍隱晦——一方面企圖提供想像空間，一方面要逃避萬眾一心剪裁。所以，歷來詩人用蛇與棍棒代替陰莖；以堅硬長物嵌入圓洞隱射性交。鑰匙插入鎖孔、法國麵包送進爐灶，甚至大船入港都最普通的性暗示。然而，無論是蛇或棍棒，鑰匙或鑽孔，關於性／慾的詩，始終不能脫離性交動作或慾望、身體的摹寫——詩的優劣，常常不過是詩人操作意象的準確度與精緻度的差異而已。台灣解嚴之後，攸關情慾的詩作大增，書寫的方式也由暗喻轉為明示。我國第一本歌頌性愛的現代詩集《好色賦》（楊光中，一九八七）便遵循讚頌身體、謳歌性愛的老路子，除了文字聳動露骨，並無新意。之後的情慾詩多半如此，鮮少有令人低迴不已的造句。既然披露身體已經不再新鮮，兩性情愛便成為器官展示，充斥各色鹹溼表白。常常，詩人的情慾寫作只在尺度、角度、文字和意象上略顯不同；至於性愛紀事，幾乎千篇一律，只能重複自己或他人。

以佛陀為場域，搬演情慾戲劇的，台灣當推許悔之為第一人。

我們可以把佛陀視為一個理解詩人的符碼（code）——祂正是德希達所說的，一種「持久存在」（always already），從不死滅。詩人、佛陀之別，就在迷／悟之間。迷則為人，悟便成佛。而許悔之的佛陀為度眾生，有時也化身為眾生。佛陀自成一個生機盎然的母體，讓詩人的衝突和矛盾得以交互作用，使讀者的理解與詮釋成為可能。佛陀母體避開了簡單的迷／悟二分；祂是多元而流動的網路——是情，是慾，是法喜，也是愛染。祂永不停止地生成、塑形與轉化。詩人出入佛陀，踏遍迷／悟之間的路、曲徑，卻永遠無法靜定於迷／悟兩端。他注定一輩子知法寫法，卻一輩子不得「法」。

他是詩人，永世的阿難（註一）。

註一：阿難是釋迦牟尼佛的親族，撰寫佛經，遍沾法喜。但他終究沒能修成正果。詩人見「道」知「道」，卻無能得「道」，是為詩人。

試論許悔之詩作的身體書寫

◎王為萱（中央大學中文所研究生）

一、前言

許悔之（一九六六—），本名許有吉，台灣桃園人，現為《聯合文學》雜誌及出版社總編輯。至今出版的詩集共有《陽光蜂房》（一九九〇）、《家族》（一九九一）、《肉身》（一九九三）、《我佛莫要，為我流淚》（一九九四）、《當一隻鯨魚渴望海洋》（一九九七）、《有鹿哀愁》（二〇〇〇）、《亮的天》（二〇〇四）七冊。

身體作為書寫的對象，可從三個向度加以參看。一是慾望的身體，以感官的探觸為主；二是意念的身體，著重於神識，表現人的思考；三是體制的身體，將身體置入

（影像來源／戴榮芝）

社會文化的脈絡之中，用以呈現個體與文化主體之間的關係。然而在詩作的具體呈現上，三者經常層疊交融出各種表現形式。許悔之的身體書寫，除了描繪身體各部的作用與動作的美感之外，更以身體作為觸發的媒介，藉由身體的變化與知覺呈現外界與自身的感應關係，或以身體作為精神活動的場所，展示各項思維在期間的流動。然而，身體可以是尋索與修練的道場，也可以是感官慾望耽美的對象，透過對身體細微的觀察與聯想，身體得以幻化成為各色的描述，或是以專注而有力的聚焦特寫手法，讓大塊空白留等想像的填補，詩作雖短，但張力十足。本文所要討論的身體書寫，著重在對身體的描繪與藉由身體衍伸而出的各種敘述與想像，以展示詩人所要表達的各種思考、情感與慾望。

許悔之的身體書寫主要表現在《肉身》、《我佛莫要，為我流淚》、《當一隻鯨魚渴望海洋》、《有鹿哀愁》四冊詩集中，本文將以此為主要討論範圍，論述其身體書寫的主題與表現特質。

二、身體書寫的主題

1. 身體與情慾的結合

情慾的書寫在台灣新詩創作中所在多有，尤其是八〇年代社會風氣走向開放，在各種禁錮逐漸鬆綁之下，詩人對於情慾身體的書寫領域也開始擴張。而九〇年代與許悔之同輩的詩人如陳克華與顏艾琳，在情慾的主題創作上，多用露骨的字眼加以描繪，並將性器官赤裸呈現，以彰顯身體的自主性，使固有的道德綑綁獲得解放，具有挑戰價值主體的意味。

許悔之對於情慾的書寫，可將《肉身》視為開端。相較於運用大膽而裸露的呈現方式，許悔之則是偏向於訴說對感官經驗的愛戀，詩集卷一題為〈情色注：加冕異教徒〉，詩人為耽溺情慾的異教徒「黃袍加身」，身體感官的享受在此受到頌讚而被賦予崇高的價值。而異教徒所表現的，不止是單純的以感官知覺作為描述對象，而是經由多層次的意象包裝，用各種視野對情慾加以考掘。如〈一切沉淪〉中寫道：

> 雪白的床鋪上。ＨＬ。妳每一吋冰冷的肌膚都開始燃燒。我以手以唇。探索妳全部的奧義。在我們共有的小小戰場外。啊ＨＬ妳知否。遠方。無限展開原野上。中彈狂呼揮舞的士兵。臨死前的□□是多麼雷同於我。現在佈滿血絲的眼神。呵呵。呵。ＨＬ。妳知否。在圍捕的獵犬以利齒瘋狂撕咬後。所有□流不止的野兔。都必須藏匿在荊棘叢裡。ＨＬ。戰爭仍未結束。仍在遠方逐漸模糊的原野上。進行。不是以手。以唇。ＨＬ。我們的戰爭已告結束。我肩部的嚙痕是瘋狂的見證。是□□的圖騰。

以戰場作為性愛的象徵，在歡愛的場面中，運用各色的隱喻與等待填補的空格，羅織成一張捕捉慾望與想像的蛛網，樂於容納接收各方的參與，相較於直接而暴露的陳述，異教徒的形式在略帶神秘與詭譎的布局之中，開啟了探索情慾的各種方式。

然而「一切沉淪」是背德與不安，在停留於純粹情慾的描述之外，詩人所要表現的，亦含有對抗的情緒。〈異教徒〉誠然吐露了書寫情慾的其他用途：

妳的唾液
和我的毛髮
用淚與汗加香花熬煮
凡七晝夜

天地並未
照預言而毀而滅
我是男覡
妳是女巫
這世界已經
遺落了語言和讀心之術
他們禁不住好奇

而開啓了命運之書

因爲極大

極私密的快樂

我們理應被永遠放逐

詩人在〈詩之手記〉中說，異教徒意味著背離和不馴。在毛髮、唾液、淚水、汗珠的遮掩下，探入宗教的境界，用巫的意象來思索身體。鄭慧如認為，這和《莊子‧內篇》用巫的形象來思考身體的方式若合符節。莊子的用意，是要重新界定儒家這個論述體制所壓抑、排除的醜怪身體，而許悔之的用意，是期許自己成為環境中永遠的初學者，能有一個不合時宜的生活方式。保持初學者的好奇心與新鮮感看世界，在呈現感官情慾的同時，身體成為不停被探勘與發掘的對象。

延續「不合時宜」的處事態度，詩人也為游離主流邊緣的族群發聲，甚或為其建立起一個立足開展的空間，以突襲道德的戰鬥姿勢，刺痛主流價值坐擁的高牆，扯去偽善者的面具。如〈白蛇說〉以中國傳統的白蛇故事為基調，刻畫同性愛慾的糾纏與昇華：

蛻皮之時
請盤繞著我
讓我感覺妳的痛
痛中癲狂癲狂的悅樂
如此柔若無骨

愛，不全然需要進入
我將用涎液
塗滿妳全身
在這神聖的夜晚
我努力吐出的涎液

將是妳晶亮透明的新衣

小青，然後我們回山裡
回山裡修行愛和欲
那相視的讚嘆
觸接的狂喜
讓法海繼續念他的經
教怯懦的許仙永鎮雷峰塔底

蛇類在中國文化當中一向被歸於負面的象徵，不是幻化成為迷惑人類走向墮落的孽畜，就是危及人類性命的巨獸，是必須被趕盡殺絕的異種，於是癡情的白蛇仍必須遭受懲罰，許仙在關鍵時刻的膽怯猶豫卻得到寬容。詩人在此，先將白蛇與青蛇姊妹、主從的關係，轉化成為同性間的癡迷愛戀，進而描寫歡愛時的占有與狂癲，最後回歸屬於他們共有的天地，繼續愛與慾的修行，許仙與法海則「非我族類」，自然無法理解白蛇與青蛇的選擇。貪戀與耽溺在此對抗的是法海的「正統」價值觀，於是愛慾的交歡成了反叛與鞏固地盤的武器，蛇族義無反顧的投入，誓言永不悔棄地對抗法海的不絕於耳的誦經，而許仙則永遠無法擺脫如雷峰塔般的社會價值與道德規範的包袱。詩人筆下的蛇類形成了具有自我主體意識的族群，同時也表現出對「絕對異性戀」價值的反擊。

對於情慾的身體書寫再更進一步，游離出了肢體交纏的觸覺，幻化成為帶著距離感的追憶，脫離事件發生當下的時空限制，進入了意識活動的層次。如〈香氣〉一詩：

握著一枝花
你來過我的房間
又走了
僅留下

淡淡的香氣
此刻猶不忍散去
啊無邊幸福
無間地獄

詩人以嗅覺捕捉了花的香氣，香氣是之前「來過房間」所遺留的證據，來過房間的你與我究竟產生了怎樣的神秘交會，以至於僅是淡淡的香氣就能牽引出無盡的幸福回味。詩人描繪的當下是感官與意識追索過去時空的結果，在篇章裡埋伏線索，導引出一個開放想像的置入空間。對情慾的咀嚼離開了身體的觸碰，深入了詩人與讀者本身不可侵入的自體經驗，情慾餘味的延伸成為可隨意捏塑的想像的身體，進入了即起即滅的虛無空間。

2. 身體對宗教的探觸

許悔之在《我佛莫要，為我流淚》裡，以宗教的形式呈現身體，或以身體的感官探索宗教。詩人以「佛陀與我」的形象大量書寫情慾，而這樣描寫人間歡愉的情慾橫流，在歌舞方歇、貪愛欲死的呻吟中隨即滅絕的虛空，卻是用來彰顯詩人對佛教的體悟，進而形成觀看世間的角度，於是本文將這類的書寫歸於詩人對於宗教探觸。

許悔之在此彰顯了愛慾的難以割捨，〈我佛慈悲——阿難悔懺〉：

我佛如風，欲滅我愛染之火
我佛如火，洞照我心的惡瘡
我佛如山，放生我肉體的野兔
我佛如林，棲息我貪慾的鳥隻
我佛知悉我將與摩登伽女在前世交合
我佛安慰我唯有濁惡才能種植澄明
我佛許諾我若當來世將先度我
我佛撫摩我，撫摩我的頭

我佛慈悲，無上慈悲
我佛莫要，爲我流淚

詩人喃喃的訴說著人身慾念的根深柢固難以擺脫，在迷亂的懺情過程中，佛陀透過身體的觸碰撫摸「我」，以此讓「我」在耽欲墮落中得到救贖的可能。在救贖的過程之中，「我」的必經之路是痛苦的過程，心靈在拔升與沉淪中的煎熬與身體的磨難等同。〈我的佛陀〉如此寫道：

踩踏過我，我的佛陀
請踩過我，我的骨斷頸折
請踩過我我生而悲哀的血肉
我匍匐在生命的每一灘水窪
等祢不忍而無奈的腳步，踩過我

我的佛陀
凡踩踏過的
都是祢的地，祢的土
祢是不能言說的至大虛空
我是那不斷消失中的彩虹

這首詩中，透過身體的毀棄，表現出無怨無悔的心意，佛陀以身體的踩踏，讓「我」得以脫渡。「我」道出了身為人不可根除的愛慾，在瞬間的了悟之後又留下了懺悔的哀痛，而詩人亦轉化了佛陀神聖不可侵犯的形象，加入了人的色彩，卻讓祂依然保留著神性，於是「我」與佛陀在此成為迷與悟迴環反覆的所在，展現了思想上的矛盾與衝突。由於避開了迷與悟的絕對二分，詩人得以游移其中，不斷地轉化流動，坦然地任憑思緒與慾念起伏流動，卻也印證了佛法的「不可執著於相」，既然「我佛安慰我唯有濁惡才能種植澄明」，在了悟之後，亦不妨「空即是色」，坦承自身的污濁不再偽裝做作，運用身體感官表達對佛陀的聖潔崇拜。然而詩人知法寫法，卻不能到達得法後永恆的彼岸，於是詩人仍徘徊於紅塵，書寫不完美的世間，在沉淪與拔升間不斷變位。

在《有鹿哀愁》中，詩人的對於佛的敘述，離開了位移與辯證的拉扯，走向平靜與慈悲的關愛，身體從暴虐的歡愛與受苦，趨於柔性的抒情與愛戀，敘述的角度也從第一人稱的「我」轉為第二人稱，身體成為呵護與寶愛的對象與情感的投遞與歸依。〈七願足矣〉中，詩人廣發七願，對象皆為「你」，願如來給你「安住的臟器，不病的身軀」、「明澈的心念，瑩淨如琉璃」，以祈求的口吻，贈與深切的祝福，而詩的最後寫道：

如來以指磨藥，日夜不停
有情服之，諸病皆癒
信如來得此生

此生身如琉璃
如來磨指爲藥
手指變得，越來越短了

願如來可得歇息
南無藥師琉璃光如來
南無，藥師琉璃光如來

如來以指磨藥，佛的身體成為慈悲的具象呈現，承載詩人普度眾生的想像，有情在此並不成為惘惘的威脅，而是美好彼端的延伸。如來有照應紅塵之情，於是捨身，願同樣的有情之人能擺脫身心的苦惱，諸病皆癒。如來之情，亦是詩人之情的轉化，卻達到了一種完滿的安穩，擺脫了在迷與悟中掙扎的膠著感。

是以佛的身體與人的身體隨著詩人心境的轉變，有了不同的呈現方式：佛陀的形象在人與神之間徘徊，象徵著詩人對迷與悟了無終結的猶疑，如來則是以慈悲之情解救眾生；「我」在極度歡愉之時痛苦隨即而生，永世輪迴不得超生，「你」則是受到無上的祝福，將豐足而圓滿。

三、身體書寫的表現特質

1. 流亡者的姿態

薩依德將流亡的概念置入對知識分子的思考之中，認為對於知識分子來說，流離失所意味著從尋常生涯中解放出來。流亡是一種思維模式，如同被放逐者處於邊緣地帶，正因如此，知識分子大可擺脫社會價值體系的桎梏，游移於主流眼光之外，顛覆習以為常的邏輯，展現大膽無懼的精神。薩依德對知識分子的定義是：

「知識分子既不是調解者，也不是建立共識的人，而是全身投注於批評意識，不願接受簡單的處方、現成的陳腔濫調，或和平、寬容的肯定權勢者或傳統者的說法或作法。不只是被動地不願意，而且是主動地願意在公眾場合這麼說。」

許悔之的身體書寫，表現了如上述的一種超越社會規範的身體觀，以一個不隨流俗的觀看眼光，對應瞬息萬變的大環境。面對社會，在積極的介入與消極的退出之中，詩人選擇站在二者之外的中間地帶，以第三者的角度，表現出體制之外的不同態度，凡是麻木、專制狹隘的價值觀都成為諷刺的對象，對於政治事件的犧牲者與不畏強權的理想主義者則表達了致敬之意。如〈肉身——緬甸和平反抗者翁山蘇姬〉：「這一次，我將選擇飢餓／輪迴之中／只有佛陀才能／才能收割豐碩的五穀／絕食，絕食／捨身飼虎／佛說，生命不止於／一燈或者二燈／在太陽還沒照到的地方／誓不斷情／願做飢餓的眾生！」絕食對詩人來說，是「一種用身體去展現意志、貫徹理念的姿勢，在空乏中闡述用沉默抵抗暴力的豐富可能」，以身體的飢餓對抗強勢壓迫的政權，「它是一種身體的戰鬥，藉由身體的自殘和耗損，來換取抗爭對象的心虛及軟弱，它的目標是沒有言語的激烈衝撞、非暴力的偕亡」。面對以近乎自殘的方式，展現與強勢政權對峙而欲玉石俱焚的信念與勇氣，詩人給予高度的尊敬與同情。

在不平等的立足點上，「小者」的勇者無懼是詩人關注的對象，於是翁山蘇姬現身於詩篇；帶有「背德」意味、崇尚情慾的異教徒得以加冕；受權威打壓的同性歡愛得到自我發展與存在的空間，詩人不停止的尋索眼光與流亡者般無既定設想的位移漂泊，得以捕捉到排拒在主體結構之外但確實存在的各種現象，一一加以回應，表示自我的態度。因為不受主體的吸納，所以能夠將觸角伸向角落與細縫，以敏銳的心思與筆觸，展現一般人難以觸摸的脈動。

2. 耽美的情緒

耽美是許悔之詩作的特點，當身體作為被觀看的審美對象，詩人在短詩裡做出了「目擊一種美麗」的表現，如〈腳踝〉一詩：「空空的花瓶啊／莫名的淚水／白白的玫瑰啊／細細的雪／腳踝哀傷時／恰巧行過玫瑰園」。這種無明而來、莫明而去的捕捉片刻的呈現，聚焦於腳踝，而腳踝竟發出了「哀傷的」情緒，詩人依憑著對美的感覺經驗，鋪陳了一首詩的完成。而〈胸膛〉一詩，則是以譬喻的方式，描寫女子身體的完美形象：「你的肩宛若／幼豹奔跑時柔韌、輕顫／你的下腹鹿一樣光滑／你的手啊，修長靈躍／如金絲猿雙臂般優雅／你的皮膚瑩亮／月光浸濕了綢緞」，以動物的姿態比擬人，兼具動態與靜態，以拼貼的方式描繪出具有張力的美體圖象。

對於感官美感與身體愉悅的嚮往、偏執、追求、耽溺成為詩人創作的動力之一，當「美」成為一種不可或缺的生命要素時，詩人的執著即成為矛盾的中心。「美」不可能只是純粹的觀賞對象，執著於美隱含了蠢動的慾望，於是想要捕捉與擁有，就此陷入耽美的漩渦隨其旋轉，在陷溺的當下卻又出現拔升的聲音，鞭笞詩人「回頭是岸」。

蔣勳在許悔之的散文集《我一個人記住就好》有如下的描述：

讀悔之的文字，可以讀到一種「痴」、一種執迷、一種耽溺、一種深情與無可奈何之間惶惶然的愴痛；好無奈的唯美痴情，可以背叛倫理、道德、世俗；但是，似乎有在心底深處悲痛自責，不可自抑。悔之也在「詩人」與「痴者」之間徘徊罷。也許更大膽地從「詩人」走向「痴者」，才有了可以品評的生命價值，也才有了可以品評的文章的華彩。

在日日喧擾著俗濁氣味的現世，「美」如斯孤獨，「美」成爲對抗腐穢的唯一的最後堅持罷。

「人不可無癖，無癖則無情。」在晚明滿是僞善的時代，有人大膽說出這樣的話。愛「美」成痴，愛「美」成癖，在俗濁腐穢的時代，的確使人耽溺如此，感傷如此。

蔣勳一方面指出了詩人具有的特質，但詩人似乎無法永立於「痴迷」之中，在心靈的超脫與肉體的享樂之間，總是起伏擺盪，無法定論，造成詩的表現時而張狂時而平息，時而激躍時而困惑。雖然耽美，但是無法貫徹到底，耽美的執著性格讓詩人感到不安，如同前述的流亡者般，詩人在社會環境裡漂流，也在自己的身體裡漂流，詩人將靈與肉視為可以二分的獨立存在，如〈渴〉：「魂魄是永不飢渴的／白晝他們躲入宿主的／身軀裡沉沉入眠／夜來，在濕冷的露台之上／他們徹夜唱歌／他們因歌唱不休而覺得／覺得異常的口渴」。身體如同容器，於是靈魂與肉身分離而形成了對比，靈魂嚮往永恆的超越，肉身卻受限於時間與現實，所以詩人無法安於現狀，亦無法逃避現實，形成一個無有完結的拉扯，也擺盪出了不斷辯證的火花。

3.悲傷與虛無的基調

許悔之詩作中透露的悲傷與虛無，來自於自我認定價值的崩解與美好瞬間的失落。詩人耽美，於是世間的汙濁醜惡令其疲乏厭倦，然而大部分的人都生活其中而不自知，儘管詩人力圖振作，仍無法以筆擦亮芸芸眾生的心與眼。以「流亡者」與「邊緣人」去思索與戰鬥，以抗拒安逸穩定的姿態單打獨鬥，不時的突襲雖然能夠「刺痛」主體，但卻鮮能讓主體本身做出重大的轉變，以「詩」的形式難以在社會上達到「革命性」的效果。而「詩」作為詩人的思考脈絡時，游離不定的位置與對主體價值甚或自身價值的質疑，讓詩人不時陷入辯證的兩難之中，在立與破之間，很難站穩一個強而有力的位置。

對詩人本身來說，雖然耽美，但是美卻稍縱即逝，無法真正擁有，原來「無常」才是生命的常態，執著的結果只是無盡的痛苦。而如何面對慾望亦是永恆的難題，耽溺與放縱，換來的是心靈上的空虛；執意根除慾望的後果，則人世無有眷戀，亦與死亡等同，於是詩人說「大雨已經／把街道沖刷得乾乾淨淨／大雨已經停了／沒有慾望

／沒有慾望的你／現在／已經可以跳下去」。

因此，詩人流浪的個性與佛教思想的催化之下，內與外、靈與肉的拉扯永無終止，於是不斷流露出悲傷的情緒，即便是一度堅持的理念、讚許的價值、愛戀的事物、美好的過往，都無法留駐，似乎所有的努力到頭來終將成空。偏執而過度的悲觀，讓詩人走向了虛無，於是宿命地說「我是那不斷消失中的彩虹」，致使詩人的激昂、超越與耽溺都隱含著無力的柔弱與失落。然而，虛無可視為詩人不可避免的依歸，亦可視為詩人的焦慮，無論最終的結果是什麼，抵抗仍在、追索仍在，尚未放棄以前，詩都是最好的證明。

四、結語

從許悔之總體作品的表現來說，詩人以深刻的思索與情感重新建立起人與人的關係，對抗現代文明造成的龐大冷漠與疏離。早期的《陽光蜂房》、《家族》都呈現了純質真誠的坦露，表現出熱情的探求與浪漫的情懷，但卻無可避免地觸碰到社會發展所產生的種種憂慮，在現實的混亂與汙濁之中無法執著於純粹的浪漫，於是詩人開始保持一種距離去看待，在「介入」與「退出」之中拉開了安全的距離，以第三者的眼光觀看，讓詩避免成為過熱的激昂與悲哀以至於矯揉做作的產物，或是千篇一律的抒情傷懷。這種距離造成了思考的空間，處在往兩極延伸的中界點上，其實是建立意識與記憶的空間並對抗社會體制的中間地帶，提防大敘述和既定的解釋。

在這樣的寫作觀點中，身體作為書寫的對象，可歸納出兩個方面，一是身體與情慾的結合，情慾固然是感官的、私密的呈現，也是詩人思考的切入點，藉由對情慾的描繪，彰顯了關注邊緣的理念，持續對社會丟出各式各樣的議題，試圖避免主體的運作朝向僵化與狹隘進行。一是身體對宗教的探觸，詩人以身體慾念和宗教超越的辯證，顯現了肉身與靈魂的拉扯，因寫法知法而不能得法，詩人仍留駐紅塵之中，書寫未盡的人生旅程。

在身體書寫中，表現出三點特質，一是呼應了薩依德提出的流亡者與邊緣人的觀點，在游離流動、不被馴化的狀態下，對社會給出自己的回應。二是表現耽美的情緒，但在靈魂與肉身的分離之下，詩人無法徹底耽溺，在超越與限制之中不斷拉扯。三是悲傷與虛無的基調，詩人對於社會的無力感以及面對自身生命的無奈與軟弱，流露出不可抑制的悲傷情緒，並導向一切終將虛無。

對應時代的發展，詩人表現出對非主流的關懷體驗與愛慾人性的辯證分析，在身體書寫的求新求變上，為台灣的新詩發展，做出了實驗性的開端。而詩作透露的感傷與焦慮，呼應了個體面對時代的不安，即便是走向迷途與虛無，仍是詩人曾經輾轉反側的證據。

參考資料（按出版先後排序）

一、許悔之作品

◎詩集

《陽光蜂房》，台北市：尚書文化出版社，一九九〇年四月十五日初版。

《家族》，台北市：號角出版社，一九九一年十月二十五日再版。

《肉身》，台北市：皇冠文學出版有限公司，一九九三年初版。

《我佛莫要，為我流淚》，台北市：皇冠文學出版有限公司，一九九四年初版。

《當一隻鯨魚渴望海洋》，台北市：時報文化出版公司，二〇〇一年五月五日初版。

《有鹿哀愁》，台北市：大田出版有限公司，二〇〇〇年六月三十日初版。

《亮的天》，台北市：九歌出版社，二〇〇四年八月十日初版。

◎散文集

《我一個人記住就好》，台北市：大田出版有限公司，一九九九年七月三十一日初版。

二、單篇評論

奚密：〈光之心房——評介《我佛莫要，為我流淚》〉，《中時晚報》，一九九四年八月二十四日。

須文蔚：〈當一隻鯨魚渴望海洋〉，《中國時報》，一九九八年二月十二日。

陳政彥：〈許悔之〈跳蚤聽法〉賞析〉，《台灣詩學季刊》二十八期，一九九九年九月，頁五二—五四。

三、相關評論

艾德華・薩依德著、單德興譯：《知識分子論》，台北市：麥田出版股份有限公司，一九九七年十一月一日初版。

鄭慧如：《身體詩論》，台北市：五南圖書出版有限公司，二〇〇四年七月初版。

四、網站

台灣文學研究工作室網站 http://ws.twl.ncku.edu.tw/index.html。

文學留聲3

遺失的哈達：許悔之有聲詩集

2006年12月初版　　定價：新臺幣350元

著者　許悔之
發行人　林載爵

出版者　聯經出版事業股份有限公司
台北市忠孝東路四段555號
編輯部地址：台北市忠孝東路四段561號4樓
叢書主編電話：(02)27634300轉5043・5228
台北發行所地址：台北縣汐止市大同路一段367號
電話：(02)26418661
台北忠孝門市地址：台北市忠孝東路四段561號1-2樓
電話：(02)27683708
台北新生門市地址：台北市新生南路三段94號
電話：(02)23620308
台中門市地址：台中市健行路321號
台中分公司電話：(04)22312023
高雄門市地址：高雄市成功一路363號
電話：(07)2412802
郵政劃撥帳戶第0100559-3號
郵撥電話：26418662
印刷者　世和印製企業有限公司

叢書主編　邱靖絨
校對　吳美滿
整體設計　翁國鈞

行政院新聞局出版事業登記證局版臺業字第0130號

本書如有缺頁，破損，倒裝請寄回發行所更換。
聯經網址：www.linkingbooks.com.tw
電子信箱：linking@udngroup.com

ISBN　13：978-957-08-3100-9（精裝）
ISBN　10：957-08-3100-6（精裝）

國家圖書館出版品預行編目資料

遺失的哈達：許悔之有聲詩集/
許悔之著．初版．臺北市．聯經．
2006年（民95）;（文學留聲：3）
152面；14×21公分．

ISBN　978-957-08-3100-9（精裝附CD）

851.486　　95024001